Reinhold Ruthe
Weihnachten – ein Fest für alle Sinne

Reinhold Ruthe

Weihnachten – ein Fest für alle Sinne

Bibliografische Information der Deutschen Nationalbibliothek
Die Deutsche Nationalbibliothek verzeichnet diese Publikation
in der Deutschen Nationalbibliografie; detaillierte bibliografische
Daten sind im Internet über http://dnb.d-nb.de abrufbar.

ISBN 978-3-8429-2613-4

Bestell-Nr. 5.122.613
© 2013 mediaKern GmbH, 46485 Wesel
Die Bibelstellen sind der Übersetzung Hoffnung für alle®
entnommen, Copyright © 1983, 1996, 2002 by Biblica
Inc.™. Verwendet mit freundlicher Genehmigung des Verlags.
Alle weiteren Rechte weltweit vorbehalten.
Zitat auf S. 66–67: © Arnim Juhre.
Umschlagbilder: oben: © preto_perola/Fotolia
Lupe: © Orlando Florin Rosu/Fotolia
Umschlaggestaltung, Layout, Satz: Ch. Karádi
Gesamtherstellung: Drukarnia Dimograf, Bielsko-Biała, Polen
Printed in the EU 2013

www.media-kern.de

Inhaltsverzeichnis

Liebe Leserinnen und Leser!	7
Die schwarze Krawatte	9
Advent	19
Weihnachtsgedanken zu Galater 4,4	20
Felix, der Glückliche	23
Weihnachten ist …	55
Wenn es nur nicht kurz vor Heiligabend wäre	56
Weihnachten ist die Verheißung	65
Weihnachtsgedanken zu Lukas 2,15	66
Der unheilige Abend	69
Weihnachten – Öffne unsere Augen	77
Weihnachtsgedanken zu Johannes 1,29	78

Liebe Leserinnen und Leser!

Weihnachten – ein Fest für alle Sinne.

Weihnachten – das schönste Fest des Jahres.

Weihnachten – ein Fest für Leib, Seele und Geist.

Die Freude soll den ganzen Menschen erfassen. Aber ich denke nicht in erster Linie an Kinderromantik und Familienidylle, an Lametta und Lichterglanz. Mit dem Christkind in der Krippe begegnet der lebendige Gott den Menschen.

Das Kind in der Krippe wird zum Mittelpunkt.

Das Kind in der Krippe macht Weltgeschichte.

Das Kind in der Krippe ist der Heiland der Welt.

Das Kind in der Krippe: Nicht wir beschenken uns einander – Gott beschenkt uns.

In der Dunkelheit der Welt erscheint sein Licht, in der Friedlosigkeit der Welt erscheint sein Friede, in der Lieblosigkeit der Welt erscheint seine Liebe.

Einige Gedichte sollen den Mittelpunkt des Weihnachtsfestes beleuchten.

Einige Kurzauslegungen sollen den Schwerpunkt des Festes verdeutlichen.

Einige Erzählungen wollen dem Weihnachtsgeschehen Spannung verleihen.

Ich wünsche Ihnen zu Weihnachten, die Ruhe, sich auf sein Kommen einzulassen;

den Mut, sich vor der Weihnachtshetze zu schützen; die Fähigkeit, über das Wunder in der Krippe zu staunen; die Hoffnung, vom Kind im Stall inneren Frieden zu empfangen; die Geduld, in der Anbetung nicht müde zu werden; die Erfahrung, dass das Christuskind für Sie und Ihr Wohl in die Welt gekommen ist; die Freude, dass Sie an Leib, Seele und Geist neu werden.

Ich hoffe, Sie genießen die Weihnachtszeit und erleben besinnliche und erholsame Stunden.

Die schwarze Krawatte

Ich schaue durchs Fenster auf die belebte Straße. Nur noch einige Tage bis Weihnachten. Offensichtlich haben die Menschen den Turbogang eingeschaltet.

Sie haben es noch eiliger als sonst. Einige schleppen Weihnachtsbäume nach Hause. Kaum zu fassen, in einigen Tagen beginnt das Fest. Und dann dieses Wetter!

Die Luft ist diesig. Die Nachbarhäuser hat der Nebel verschluckt. Nein, dieses Jahr ist nichts mit »leise rieselndem Schnee« und klirrendem Frost. Bah! Der Fisselregen drückt die Stimmung noch mehr.

Ich sitze in meinem Büro, im Christlichen Verein Junger Männer, wie auf heißen Kohlen. An meinen Blutdruck darf ich gar nicht denken! Meine Güte, das Programm für Januar und Februar muss noch fertigwerden. Ja, und dann der Wunschzettel für meine Tochter. Was steht da? Sie erwartet einen Ballonroller, ja, einen roten, mit Klingel und Fußbremse. In zwei Geschäften war ich schon. »Ballonroller?«, fragen die. Fehlanzeige!

Im dritten werd ich's um die Mittagszeit probieren.

Oh, diese Weihnachtshektik! Dieser Stress!

Ich habe einen Stapel Briefe in den Händen, Post aus allen Himmelsrichtungen. In der Hauptsache Weihnachtsdrucksachen, Wurfsendungen für ein paar Cent. Geschrieben mit blauer oder schwarzer Tinte, mit Kugelschreiber und – sieh an, sieh an, mit Lippenstift. Originell, oder?

Einige sind ganz schlau, die haben Silvester und Neujahr gleich mit eingebaut. Okay – in einem Abwasch!

Erschöpft hole ich tief Luft. Ich bin gerade dabei, diese literarische Konfektion beiseitezuschieben, da klopft es zaghaft an die Tür.

Um Himmels willen, das hat mir noch gefehlt! Wer hat da jemand reingelassen?

An meiner Tür steht kein Schild.

Ein Mann erscheint. Schüchtern drückt er sich durch den Türrahmen.

Ich seh's mit einem Blick: arg mitgenommen, arg runtergekommen! Den Hut schiebt er vor sich her. Das kennen Sie ja: »... mit dem Hute in der Hand kommt man durch das ganze Land.« Sein grauer Mantel ist an den Taschen ausgebeult. Die Hände sind ziemlich blau gefroren.

Dann sagt er: »Darf ich einen Augenblick stören?« Er wischt sich die Regentropfen aus dem Gesicht. Unschlüssig zucke ich und kriege kein Wort raus. Auf eine solche Frage kann man doch nicht einfach mit »nein« antworten!

Er tritt zwei Schritte vor, immer den Hut vor sich herschiebend.

»Mir ist ein furchtbares Missgeschick passiert«, sagt er.

Ich bewege mich hinter meinem Schreibtisch weg und bitte ihn, Platz zu nehmen. Er nimmt seinen Wollschal ab und setzt sich.

Entlastet stöhnt er vor sich hin.

Ich könnte aufschreien! Meine kostbare Zeit!

Ich denke an das Programm und an den Ballonroller – in rot!

Ich atme genervt durch.

Er wieder: »Gestern Abend bin ich in Hamburg angekommen, in drei Stunden fährt mein Zug nach Berlin weiter. Ich hatte meinen Koffer mit in den Wartesaal genommen und bin am Tisch eingenickt. Die ganze Nacht … ich hatte keinen Schlafwagen, verstehen Sie. Als ich aufwachte, war der Koffer weg.«

Ich nicke teilnahmsvoll.

Er setzt nach: »Und das Geld auch, alles.«

Und dann kommt er in Fahrt: »Meine Fahrkarte war in dem Koffer – wie soll ich jetzt rechtzeitig zur Beerdigung kommen?«

Er wirft seinen Hut auf den Tisch und schlägt beide Hände vors Gesicht.

Plötzlich sind meine Weihnachtsvorbereitungen wie weggeblasen. Mit weit aufgerissenen Augen schaue ich ihn an und dann stammle ich verlegen: »Zur Beerdigung? Wir haben doch übermorgen Heiligabend!«

Er stöhnt.

»Meine Mutter ist gestorben, um 16 Uhr ist die Beerdigung.«

Erschrocken lässt er seine Hände sinken und schaut auf die Uhr.

Jetzt sehe ich es erst: Er trägt eine schwarze Krawatte. Das Hemd ist zerknittert, die Ecken sind schmutzig grau. Ich bin ganz durcheinander.

Wie abwesend frage ich: »Und wann geht der Zug?«

»Um 11.45 Uhr.«

Lauernd sieht er mich an. Ich kann nichts dafür, er hat eine schlechte Zeit gewählt. Erst der Regen, dann das fehlende Programm, vom Ballonroller ganz zu schweigen und die Post. Noch einmal tief durchatmen. Ich muss ihn loswerden und zwar so schnell wie möglich.

»Was kostet denn die Fahrt nach Berlin?«, frage ich ein bisschen ärgerlich.

Der Mann weiß Bescheid und nennt mir den Betrag auf Euro und Cent genau. »Einfache Fahrt natürlich.«

Meine Güte, das versteht sich doch von selbst – sage ich nicht, aber denke es.

Mir behagt die ganze Sache nicht. Verlegen schaue ich auf seine Schuhe. Abgetragene Dinger und völlig verschmutzt. Merkwürdig, da fährt jemand zur Beerdigung seiner Mutter in so einem Aufzug? Meine lieblosen Gedanken, nein, darf ich nicht äußern. In mir kämpft es. Dann gebe ich mir einen weihnachtlichen Ruck und zücke mein Portemonnaie.

Der Mann hat inzwischen seine Mappe aus der Jackentasche gezogen und hält mir das Bild seiner Mutter hin.

»Das ist sie«, sagt er nur. Um 16 Uhr tragen wir sie zu Grabe.«

Und nach einer Pause: »Dieses Weihnachtsfest werde ich in meinem ganzen Leben nicht vergessen!«

In meinem Herzen oder in meinem Hirn, ich weiß es nicht, spielen die Gedanken verrückt. Ein flüchtiger Blick auf das Geld. Ich habe nur zwei Scheine in der Tasche. Wechseln kann der Mensch, dieser Penner, bestimmt nicht. Ja, ich habe diesen Gedanken knallhart gedacht.

Und dann höre ich eine leise Stimme in mir: »Penner? Ich bin auf die Welt gekommen für die Ärmsten der Armen, für den und für dich!«

Mehr sagt die Stimme nicht.

Mir wird fast schwindelig vor Augen. Dann

werfe ich alle Zweifel über Bord, reiche ihm beide Scheine.

Der Mann strahlt über das ganze Gesicht. Stockt, bevor er das Geld wegsteckt und fragt: »Soll ich Ihnen eine Quittung geben?«

Da fährt es aus mir heraus: » Lassen Sie das, Mann! Wenn es stimmt, was Sie mir gesagt haben, dann schicken Sie mir das Geld gewiss wieder zurück. Wenn es aber nicht stimmt ...« und ich spüre meine Ungeduld und meinen Ärger, und es klingt drohend: »... dann drücke ich Ihnen im Namen Jesu einen Fluch in die Hand!«

Er steht einen Augenblick wie versteinert da. Die Scheine liegen auf seiner offenen Hand. Und meine Hände zittern, als ich das Portemonnaie schließe.

Wieder höre ich die leise Stimme – aber ich verstehe sie nicht. Alles, aber auch alles irritiert mich.

Ich bin wütend – auf mich.

Ich mache mir die schlimmsten Vorwürfe.

Der Mann hat das Geld eingesteckt, dreht sich um und geht.

Ohne Gruß.

Leise macht er die Tür zu, ohne mich noch eines Blickes zu würdigen. Er stürzt die Treppe hinunter. Ich fühle mich wie gelähmt. Eine Entschuldigung ist mir im Halse stecken geblieben.

Wenn er doch nur die Tür zugeknallt hätte!

Ich lasse mich in meinen Schreibtischsessel fallen. Alles dreht sich in mir – wie in einem Karussell.

Meine Blicke streifen den Zettel auf meinem Schreibtisch:

Ballonroller kaufen – in rot,

Programme zusammenstellen.

Briefe beantworten.

Nein, nein ... ich kann nicht mehr – und das Portemonnaie ist leer.

Zwei Tage später ist Heiligabend. Ich fahre rechtzeitig ins Büro, um noch einige Briefe zu schreiben.

Ich traue meinen Augen nicht. Vor der Tür steht ein Mann und wartet. An seinem Mantel und den braunen, schmutzigen Schuhen erkenne ich den Mann von vorgestern wieder.

Heute bin ich aufgeräumter und sage zu ihm: »Sie haben es aber eilig, mir das Geld zurückzubringen!«

Ich strecke ihm die Hand entgegen und will mich entschuldigen, dass ich ihn vorgestern so unhöflich und so beleidigend abgefertigt habe.

Er streckt mir beide Hände entgegen. Tränen schimmern in seinen Augen. In der rechten Hand stecken zwei Scheine. Der eine hat eine abgeknickte Ecke – wie einer von meinen.

Ich schaue ihn fragend an. Und es dauert eine Weile, bis er die richtigen Worte findet. Um seine Mundwinkel zuckt es. Mit dem Ärmel wischt er sich die Tränen ab.

»Ich habe Sie belogen. Die Sache mit der schwarzen Krawatte und die Beerdigung – das war nur ein Trick.«

Ich stehe mit offenem Mund da.

»Und doch sind Sie wieder hier!«

Er nickt und hält immer noch meine beiden Hände fest.

»Wissen Sie«, sagt er, »ich habe in den letzten Jahren nur krumme Dinger gedreht. Nur schlimme Sachen, wirklich, aber der Fluch im Namen Jesu, vorgestern, der hat gesessen! Wie komme ich da raus! Und heute ist Heiligabend!«

Wortlos schließe ich das Haus auf, ergreife seinen Arm, beide pilgern wir die Treppe hoch und landen wieder in meinem Büro.

Er sitzt auf einem Stuhl. Nach vorn gebeugt. Er atmet schwer.

Wir beide haben ein gutes Gespräch.

Advent

*Du schaust ängstlich in die Vergangenheit,
du schaust ängstlich in die Zukunft,
du schaust ängstlich auf alles, was kommt.*

*Advent
ER wird kommen
und die Vergangenheit neu interpretieren.
ER wird kommen
und der Zukunft ein neues Gepräge geben.
ER wird kommen
und will uns in IHM erneuern.*

Weihnachtsgedanken

Aber zu der von Gott festgesetzten Zeit sandte er seinen Sohn zu uns. Christus wurde wie wir als Mensch geboren und den Forderungen des Gesetzes unterstellt. Er sollte uns befreien, die wir Gefangene des Gesetzes waren, damit Gott uns als seine Kinder annehmen konnte.

Galater 4,4.5

Eine kleine Weihnachtserzählung hat mich beeindruckt. Das Kind liegt in der Krippe und ein Junge schaut ängstlich in den Stall.

»Ich hätte gern etwas von dir«, sagte das Kind in der Krippe.

Der Junge wird verlegen: »Ich habe nichts. Mir gehört nichts.«

»Ich möchte drei Dinge von dir haben«, sagte das Kind, »und zwar dein letztes Bild, deinen Teller und die Antwort, die du deinen Eltern gabst, als der Teller zerbrach.«

Der Junge erschrak und stotterte: »Das Bild war so hässlich, dass ich es zerstörte; der Teller ist kaputt; und die Antwort, die ich meinen Eltern gab, war eine Lüge.«

Da sagte das Kind zu ihm: »Siehst du, darum bin ich gekommen, dass du mir das bringst, was anderen nicht genügt, was in deinem Leben zerbrochen ist, was in deinem Leben böse, eine Lüge und vor Gott Sünde ist. Von heute an kannst du jeden Tag zu mir kommen.«

Krippe und Kreuz gehören zusammen. Geburt und Tod beinhalten unsere Errettung und Erlösung. Was wir sind, reicht aus; was wir getan haben, wird vergeben; was zerbrochen ist, wird geheilt. Das Kind ist für uns in die Welt gekommen. Wer an den Erlöser glaubt, ist freigekauft.

Herr, wir feiern das Weihnachtsfest, weil Du als die größte Liebeserklärung aller Zeiten erschienen bist.

Wir feiern das Weihnachtsfest, weil Du die größte Rettungsaktion aller Zeiten gestartet hast.

Wir feiern das Weihnachtsfest, weil Du die

Menschen liebst und es im Himmel nicht ausgehalten hast.
 Herr, hab Dank,
 Amen.

Felix, der Glückliche

Er hieß Felix Gruber. Felix, der Glückliche. Aber er war alles andere als glücklich.

Mit 59 Jahren sah er alt aus. Vor einem Jahr war seine Frau gestorben, ganz plötzlich. An einem Aneurysma, wie die Ärzte sagten. Er war von der Arbeit nach Hause gekommen und sie lag tot im Bett. Er war wie vom Donner gerührt. Mit allem hatte er gerechnet, nur damit nicht. Sie war immer fleißig und zielstrebig gewesen. Seine Freunde sagten, sie hätte die Hosen angehabt. Mag sein. Auf alle Fälle hatte ihm ihre Art gefallen. Sie hatte Ideen, war der kreative Typ und zog ihren Mann mit. Die beiden Kinder, ein Junge und ein Mädchen, hatten längst das Haus verlassen. Sie riefen einmal in der Woche an. Der Sohn lebte in Berlin als Computerfachmann, die Tochter als Dolmetscherin im Süden Deutschlands.

49 Jahre alt.

Seine Frau hatte in der Küche eine Pinnwand angebracht, um Geburtstage, bestimmte

Einkäufe und Termine festzuhalten. Darauf hatte er nach der Beerdigung die Todesursache geschrieben. Einige Ärzte hatten es ihm erklärt, aber er war so durcheinander und innerlich verwirrt, dass er lediglich behalten hatte, dass die Hauptschlagader eine Ausstülpung gehabt haben müsse, die plötzlich gerissen war. Sie hatte dem Druck des strömenden Blutes nicht standgehalten. Warum? Das konnte keiner beantworten.

Felix Gruber fehlte der Antrieb, ihm fehlte seine Frau. Als sie noch lebte, stand sie früh auf. Wenn die Sonne ins Schlafzimmer schien, wurde sie unruhig. Wenn sie ihn weckte, stand der Kaffee schon auf dem Tisch. Er hatte eine wunderbare Frau gehabt. Aber jetzt lag sie unter der Erde. Ihr Tod hatte sein Leben schlagartig verändert. Vierzehn Tage waren seine Kinder aus Berlin und Augsburg geblieben, hatten die Beerdigung abgewickelt, die notwendigen Behördengänge erledigt und die Beileidsbriefe beantwortet. Felix hatte oft danebengesessen, wie geistesabwesend zugeschaut und alles über sich ergehen lassen. Er kam sich wie gelähmt vor. Vor dem Tod seiner

Frau hatte er eine Flasche Bier am Abend getrunken, jetzt trank er fast regelmäßig drei und am Wochenende fünf Flaschen. Vor einem Jahr hatte er das Bier noch aus einem schönen Glas getrunken, jetzt setzte er die Flasche einfach an den Mund. Manchmal riskierte er neuerdings schon eine Flasche am Morgen.

Am 12. Oktober war ein Jahr vergangen, dass er seine Frau zu Hause verblutet vorfand. Mit Macht wurde es Herbst. Die Straßen waren schon einige Male mit Raureif überzogen. Felix hasste den Herbst. Die Tage wurden kürzer, die Nächte länger und die Dunkelheit wurde unerträglich.

Als Felix an diesem Tag seine Kollegen begrüßte, kam einer nahe an ihn heran, sog langsam die Luft ein und sagte dann zu ihm: »Felix, du riechst morgens schon nach Bier. Sei vorsichtig, sonst kommst du von dem Zeug nicht mehr los.«

Felix nickte nur, lächelte gequält und machte sich auf den Weg zum Fuhrpark. Als Fahrer bei der Müllabfuhr hatte er wenigstens einen festen Job. Einige Male am Tag kamen ihm die Tränen. Wenn er an seine Frau dachte, fühlte er sich wie ein entlaubter Baum – trocken, krank, ohne Leben. Er hatte abgenommen. Seine Kochkünste waren erbärmlich. Mit Müh und Not bekam er Bratkartoffeln, Spiegeleier und einige Nudelgerichte zusammen. Immer wieder kaufte er sich Pommes frites und belegte Brötchen. Er hatte keine Lust, sich selbst etwas zu essen zu machen.

In der Regel saß er in der Fahrerkabine des Lastwagens, aber oft musste er auch mit raus, um den Müll gemeinsam mit seinen Kollegen zu entsorgen.

Als er am 12. Oktober nach Hause kam, betrachtete er seine Wohnung mit kritischem Blick: Der Flur war unaufgeräumt, das Wohnzimmer ohne Blumen. Die blühenden Orchideen und die Usambaraveilchen waren vertrocknet und eingegangen. Die Übertöpfe standen leer auf der Fensterbank. In zwei Gefäßen steckten noch die ausgedörrten Stängel.

Felix ließ sich in einen Sessel fallen, in dem noch die alten Zeitungen lagen. Tränen liefen über seine Wangen. Ein Häufchen Elend. Er spürte, wie ihn das Selbstmitleid wie eine Krake mit ihren gefährlichen Fangarmen umklammert hielt. Wie ein waidwundes Tier sprang er auf und lief in den Flur. Vor dem Spiegel blieb er stehen und schaute sich von oben bis unten an. Es war ihm, als wenn er eine Stimme hörte: »Mach nur weiter so, dann bist du bald mit deiner Frau vereint!«

Als er so vor dem Spiegel stand, fiel ihm ein, dass er bisher erst einmal auf dem Friedhof gewesen war, um das Grab seiner Frau zu besuchen. Er hatte gehofft, dass sie mit ihm sprechen würde, dass er auf geheimnisvolle Weise Kontakt mit ihr bekäme. Niemals hatte er sie mehr vermisst als heute. Ihm fehlten der Lebensmut, der Glaube und die Perspektive für morgen. Seine Arme hingen schlaff herunter. Rechts und links an der Nase hatten sich tiefe Furchen im Gesicht eingegraben. Seine Bartstoppeln waren lang geworden. Seit drei Tagen hatte er sich nicht rasiert. Er schlurfte resigniert in die Küche und blieb vor der Pinnwand stehen. Ein Arzttermin seiner Frau hing noch an der Wand. Auch der Geburtstag seiner Schwiegermutter war dick mit rotem Filzstift notiert. In der Mitte der Korkplatte – ein Zettel seiner Frau mit ihrer Schrift in Druckbuchstaben geschrieben. Den Zettel, stark vergilbt und von der Sonne gebleicht, hatte er noch nie gelesen. Er trat näher heran, denn seine Augen waren nicht mehr die besten, und er las:

Auf wen wartest du?

Du allein bist der Steuermann deines Lebens!

Irgendwo hatte sie es aufgeschnappt und abgeschrieben.

Es schoss ihm durch den Kopf: Das ist deine Frau, wie sie leibt und lebt. So hat sie gedacht, gefühlt und gehandelt. Sie wartete auf niemand. Sie nahm das Steuer des Lebens in die Hand. Er wurde mitgezogen, manchmal mitgerissen. Es kam ihm vor, als hätte sie ihm ein Vermächtnis hinterlassen.

Plötzlich hatte er ein merkwürdiges Gefühl, das ihm zur Gewissheit wurde: Sie hat dieses Wort für dich an die Pinnwand geheftet. In der Tat, auf wen wartete er eigentlich?

Draußen war es längst völlig dunkel geworden. Felix ließ die Rollläden herunter und schaute sich die Küche an. Fast das gesamte Geschirr stand schmutzig in der Spüle – hoch aufeinandergestapelt. Leere Bierflaschen schauten ihn aus allen Ecken an. Der graue Staub in und auf den Regalen war unverkennbar. Die Handtücher verbreiteten einen üblen Geruch. Kalter Kaffee hatte braune Ränder an den Tassen hinterlassen.

Aus dem soliden Stadtbediensteten war ein Asozialer geworden, ein Beinahe-Alkoholiker.

Da ging plötzlich eine Erschütterung durch seinen Körper. Es war wie ein verzweifeltes Aufbäumen. Als wenn eine unsichtbare Hand ihn angerührt hätte, trat eine Verwandlung ein. In die schlaffen Arme und Beine kam Spannung. Die müden Augen bewegten sich. Wie mit einem Paukenschlag war die Resignation verschwunden. Er krempelte seine Ärmel hoch, ließ heißes Wasser in das Spülbecken laufen, gab einen viel zu großen Schuss Spülmittel in das Wasser und begann, das schmutzige Geschirr zu säubern.

Unvorstellbar, dass er bis heute immer wieder schmutziges Geschirr benutzt hatte, um sich das Nötigste einzuverleiben. Er war abgemagert, den Hosengürtel hatte er schon um drei Löcher enger gemacht. Und die Jacke hing viel zu weit am Körper herunter. Mit ein paar Handgriffen hatte er die alten Zeitungen eingesammelt und die leeren Bierflaschen, die in allen Ecken herumstanden, in einen Karton gepackt. Zweimal musste er die Treppe hinuntergehen, um die zahllosen Flaschen zu entsorgen. Die Warnung seines Kollegen, der sich überwunden hatte, um ihm liebevoll einen Rippenstoß zu geben, hatte er noch im Ohr: »Morgens riechst du schon nach Bier.« Er war auf dem besten Weg, abzugleiten. Felix stemmte sich dagegen. Er sprang bis zum 3. Stock jeweils zwei Stufen auf einmal hinauf.

Oben angekommen keuchte er wie ein Asthmatiker. Ein leichtes Lächeln schlich sich in seine Gesichtszüge. Es kam ihm vor, als wenn er nach einem Jahr zum ersten Mal den Anflug eines zufriedenen Gefühls verspürte.

Als er die Wohnzimmertür öffnete, hatte er das Gefühl, seine Frau nicke ihm ermutigend zu. Felix wunderte sich, wie ihm die Arbeit von der Hand ging. Keine Spur von Müdigkeit. Den Staubsauger hatte er drei Monate nicht benutzt.

Als die Wanduhr im Wohnzimmer 21 Uhr schlug, war er endlich fertig. In drei Stunden hatte er intensiv die Wohnung auf Vordermann gebracht. Er schwitzte und atmete einige Male tief durch.

»Ein Bier werde ich mir genehmigen!«, sagte er sich. »Aber heute wieder aus einem schönen Glas!«

Als er den ersten Schluck aus dem Glas genoss, griff er zur »Rundschau«, die jede Woche kostenlos an alle Haushaltungen verteilt wurde. Sein Blick fiel auf eine kleine Anzeige:

»Christliches Kinderheim sucht für Weihnachten Spielzeug, gebrauchte Fahrräder, Roller und gute Kinderbücher. Die elternlosen Kinder sind im Alter zwischen 4 und 12 Jahren.«

Darunter die Anschrift und die Telefonnummer.

Felix wunderte sich, dass seine Augen heute

an solch einer Anzeige hängen blieben. Gestern hätte er sie sicher keines Blickes gewürdigt. Neben der Anzeige berichtete die Zeitung in zwei Spalten über das christliche Kinderheim. Es handelte sich um elternlose Kinder aus dem Kosovo, aus Albanien und Mazedonien. Die Kinder hatten ihre Eltern im Krieg durch Massaker, Überfälle und Bombenangriffe verloren. Drei deutsche Ehepaare hatten sich zusammengeschlossen, um ihnen Heimat und ein Zuhause zu geben.

Augenblicklich hatte Felix die tägliche Müllabfuhr vor Augen. Unbeschreiblicher Wohlstandsmüll wurde täglich verfeuert und in Fernwärme umgewandelt. Fassungslos stand er immer wieder vor Schlafzimmerschränken, gut erhaltenen Ledersesseln, Tischen, Lampen und Stühlen. Aber auch zahllose Roller, Dreiräder mit kleinen Fehlern und Fahrräder, die nicht mehr den hohen Ansprüchen der Kinder genügten, wurden erbarmungslos an die Straße gestellt.

In einigen Villenvierteln wurde dienstags das

Gerümpel zum Abholen bereitgestellt. Was immer auch die Gutsituierten unter »Gerümpel« verstanden. Dienstag waren die Dichterstraßen dran: Goetheallee, Schillerstraße, Hölderlin-Weg und der Rilkering.

Felix hatte seinem Chef seine Idee unterbreitet und von ihm die Erlaubnis bekommen, brauchbare Dinge mitzunehmen.

Und siehe da, Kisten mit guten und kaum benutzten Büchern landeten im Abfall. Ein großer verstaubter Kinderkaufladen war darunter. Einige Schubladen fehlten und die Griffe waren abgebrochen. Vor einer alten Villa standen zwei Fahrräder an einer Straßenlaterne angelehnt. An einem hatte sich das Vorderrad in eine Acht verwandelt. Die Raddecke war zerrissen. Beim zweiten war das Mehrganggetriebe kaputt. Felix war immer der Erste, der aus dem Lastwagen sprang, brauchbare Sachen inspizierte und sie auf einem Spezialcontainer verstaute.

In der Mittagszeit fuhr Felix mit seinen Kollegen beim Pfarrer seiner Gemeinde vorbei, den er bei der Beerdigung seiner Frau kennengelernt hatte. Ein freundlicher und gutmütiger Mann. Felix trat ihm zielsicher entgegen.

»Ich brauche dringend einen Abstellraum für einige sperrige Geschenke, die an Weihnachten elternlosen Kindern in der Gartenstraße geschenkt werden. Sie kennen die Einrichtung bestimmt, sie liegt hinter dem Golfplatz, am Rande der Stadt.«

Der Pfarrer blickte mit krauser Stirn in einen der Container, aus denen die zwei Fahrräder herausragten.

»Die müssen noch repariert und überholt werden«, versuchte Felix den Geistlichen zu überzeugen. Seine beiden Kollegen standen wortlos dabei. Sie wunderten sich, wie entschlossen Felix seine Ideen verfolgte.

»In den nächsten Wochen kommen noch ein paar Kleinigkeiten dazu!«

Das war sicher eine Untertreibung. Der Pfarrer druckste herum.

»Entbehren kann ich nur den Abstellraum für Stühle und Tische im Gemeindehaus.«

»Das reicht!«, meinte Felix glücklich und blinzelte seinen Kollegen zu.

Der Pfarrer schloss zögernd das Gemeindehaus auf und bat die drei Männer hereinzukommen. Felix ging unbeirrt neben dem Pfarrer. Alle durchschritten den großen Gemeindesaal. Dann öffnete der Pfarrer den Abstellraum. Tische und Stühle standen wild durcheinander. Aber Felix ließ sich die Gelegenheit nicht entgehen.

»Wenn wir einige Tische und Stühle stapeln, haben wir genug Platz für die Geschenke.«

Die Kollegen stießen sich verwundert an und einer raunte dem anderen zu: »Der spricht von Geschenken. Bisher handelt es sich nur um Schrott und Abfall.«

Aber sie sprachen es nicht laut aus und wollten Felix nicht blamieren.

Dem Pfarrer gefiel das alles nicht, aber er wollte den gut gemeinten Plan nicht durchkreuzen.

»Wenn Sie meinen, dann machen Sie's!«

Er wollte sich überraschen lassen.

Felix nickte seinen Kollegen zu und im Handumdrehen standen zirka hundert Stühle in Stapeln zu je zwölf, Tische lagen zusammengeklappt aufeinander. Ehe sich der

Pfarrer versah, standen die Räder aus dem Container im Abstellraum. Eine Bücherkiste mit über hundert gesammelten Büchern, die kreuz und quer übereinanderlagen, schleppten zwei Männer stöhnend herein. Dann kamen die Puppenstube und ein Schaukelpferd, dem der Schwanz ausgerissen war. Den pinkfarbenen Kinderstühlchen fehlten Beine und Querleisten, dem Tischbillard fehlte ein Standbein. Es hielt sich nur mühsam auf wackeligen Beinen.

Der Pfarrer machte ein bedenkliches Gesicht und zog seine Stirn in Falten. Der verwandelte Felix dagegen stemmte seine Fäuste in die Seite und setzte ein zuversichtliches Lächeln auf.

»Wenn das alles repariert ist, gibt es ein großes Fest. Sie werden sehen!«

»Wenn ...«, sagte der Pfarrer zweifelnd, dem das alles nicht sonderlich zu imponieren schien.

Felix ließ sich nicht entmutigen. Er strahlte und wagte einen neuen Vorstoß.

»Es wäre wunderbar, wenn Sie uns einen zweiten Schlüssel für den Abstellraum bis Heiligabend leihen würden. Denn dann kann ich ab und zu hier herein, um die Sachen für Weihnachten herzurichten.«

Der Pfarrer zögerte einen Augenblick mit der Antwort. Aber dann seufzte er: »Ich habe A gesagt, jetzt muss ich wohl auch B sagen.«

Als Felix an diesem Abend nach Hause kam, brummte ihm der Schädel. Meine Güte, worauf hatte er sich eingelassen! Jetzt standen die kaputten Geschenke im nahen Gemeindehaus. Er hatte keinen Tischler, keinen Zweiradfachmann und keinen Maler. Außerdem hatte er versprochen, noch mehr unvollkommene Geschenke anzuschleppen.

Als er zu Abend gegessen hatte, ging er zu einem alten Bekannten. Früher war dieser Tischler gewesen. Heute lebte er als Pensionär allein in einer Dachwohnung. Der schaltete unwillig seinen Fernseher aus und hörte sich die Weihnachtsüberraschung von Felix an. Max, der Tischler, konnte sich kaum aus seinem Sessel erheben. Er war schon einige Jahre Rentner und hatte sich im Laufe der Jahre als

Witwer viele Pfunde angefuttert. Max war überhaupt nicht begeistert, eher ärgerlich.

»Felix, das sind doch ungelegte Eier, die du da ausbrüten willst!«

Sein Gegenüber blieb hartnäckig.

»Max, stell dir vor, wir beschenken Kinder, die mutterseelenallein in Deutschland leben, ohne Eltern, ohne Verwandte und ohne wirkliche Freunde. Wenn du nicht mitziehst, machst du alle unglücklich. Du wirst es bereuen!«

Die Augen von Felix glänzten. Er redete sich in Begeisterung. Tief im Innern spürte er allerdings eine große Angst, alles könnte wie eine Luftblase platzen.

»Max, ich weiß, du lässt mich nicht im Stich! Ich brauche dich!«

Seine Worte klangen beschwörend.

Der alte Bekannte überlegte still. Dann gab er sich einen energischen Ruck, stemmte seinen schweren Körper aus dem Sessel und drückte Felix die Hand.

»Junge, ich mache mit. Wir werden das Kind schon schaukeln!«

Der Alte lächelte zum ersten Mal.

Felix fiel ein Stein vom Herzen. Erleichtert klopfte er seinem alten Bekannten auf die Schulter.

»Morgen schauen wir uns alles mal an. Ich hol dich ab, Max!«

Nun hatte Felix jemanden, der die Tischlerarbeiten erledigen konnte. Aber die Fahrräder?

Am andern Tag nach Arbeitsschluss machte sich Felix zu einem Fahrradhändler in der Stadt auf. Er hatte einige Stunden wach gelegen und sich vorbereitet, den Mann für sein Projekt zu gewinnen. Der wollte gerade sein Geschäft schließen und Feierabend machen. Felix drängte sich noch schnell durch die halb offene Tür.

»Wir planen eine große Weihnachtsüberraschung für eltern- und heimatlose Kinder in einem christlichen Kinderheim. Können Sie uns behilflich sein, gut erhaltene Fahrräder zu reparieren?«

Es war der Geschäftsinhaber selbst, der Felix gegenüberstand. Offensichtlich kam ihm die Bitte am Ende des Arbeitstages völlig ungelegen. Er war kurz angebunden und wollte den lästigen Bittsteller mit ein paar Worten abfertigen.

»Wir sind ein Geschäft und keine Diakonie. Für Wohltätigkeiten müssen Sie sich einen anderen Partner suchen.«

Er ging schon Richtung Tür und wollte den Fremden hinauskomplimentieren. Aber Felix ließ nicht locker.

»Ich habe nicht an Fahrradgeschenke gedacht, sondern an Ersatzteile zur Reparatur.«

Felix stellte sich vor die Tür.

»Wenn Sie mitmachen, werden Ihnen an Weihnachten viele glückliche Kinder dankbar sein.« Der Geschäftsinhaber ließ seine Schlüssel in der Tasche verschwinden und schaute Felix durchdringend an.

»Wenn Sie dafür sorgen, dass mein Geschäft als Spender erwähnt wird, können wir darüber reden.«

Auch das noch. Ihm blieb nichts erspart. Doch Felix nickte.

»Ich glaube bestimmt, dass sich das arrangieren lässt«, hörte er sich sagen.

Die alten Ängste machten sich wieder breit.

Hatte er den Mund zu voll genommen?

»Wo haben Sie die Räder denn?«, fragte der Mann.

»Im Abstellraum des evangelischen Gemeindehauses in der Bismarckstraße. Wenn Sie einverstanden sind, setze ich mich in acht Tagen mit Ihnen in Verbindung, und wir schauen uns alles an.«

Felix wollte Zeit gewinnen und beim nächsten Müllabfuhrtag noch weitere Räder besorgen.

»Meinetwegen!«, brummte der Geschäftsmann.

Es klang nicht überzeugend, aber auch nicht ablehnend.

Am nächsten Abend waren Felix und Max im Gemeindehaus. Der schwergewichtige Rentner war zufrieden, etwas Abwechslung in seinen tristen Alltag bekommen zu haben. Er schaute sich die riesige Puppenstube an. Es war mal ein außergewöhnlich hübsches Prachtstück gewesen. Max hatte klare Vorstellungen, wie er das Kinderspielzeug fachgerecht wiederherstellen konnte.

»Für die Malerarbeiten besorge ich meinen Kumpel, den ich aus der ehemaligen Firma kenne.«

Max hatte angebissen. Sein Interesse war geweckt. Auf einem Zettel schrieb er sich auf, welche Dinge er besorgen wollte, um die Puppenstube, die Stühle und den Billardtisch reparieren zu können.

Als Felix an diesem Abend in seine Wohnung kam, das Abendessen vorbereitet und verzehrt hatte, fiel er müde und erschöpft in sein Bett. Weder Bier noch Fernsehen konnten ihn reizen. Beruhigt und zufrieden schlief er ein.

Eine Woche später war in einem anderen Stadtteil die Entsorgung von altem Hausrat und Gerümpel angesagt. Felix hatte sich vorgenommen, noch einige schöne Geschenke ausfindig zu machen, um den Kindern ein unvergessliches Weihnachtsfest zu gestalten.

Selbst an einem harten Arbeitstag stiegen in ihm die Gedanken an einige schöne Weihnachtsfeste hoch. Besonders seine Oma hatte ein Händchen dafür gehabt, das Fest schön und eindrücklich zu gestalten. Seine Eltern und Geschwister durften am Heiligen Abend nach dem Essen nicht mehr das Wohnzimmer betreten, in dem die Bescherung stattfand. Oma hatte stundenlang einen großen Weihnachtsbaum geschmückt und die Geschenke für alle Beteiligten unter dem Baum und auf dem Wohnzimmertisch aufgebaut.

Wenn es dann soweit war, holte die Oma die alte Familienbibel aus dem Schrank, setzte sich ihre dicke Hornbrille auf und las die Weihnachtsgeschichte vor. Die Oma ging sonntags regelmäßig zur Kirche und versuchte, Eltern und Enkel mitzunehmen.

Sie hatte sich festlich angezogen und wollte auch, dass Eltern und Kinder festlich gekleidet waren.

»Wenn Gott zu Besuch kommt, und Weihnachten ist er zu uns in die Welt gekommen, kann man ihn nicht in Alltagsklamotten empfangen.«

Das konnte sie sehr entschieden sagen.

Opa war sehr früh gestorben und Oma war

eine starke Frau, die auch von den Eltern und Enkeln geachtet wurde. Sie drückte dem Fest ihren Stempel auf. Sie konnte sich auch lautstark erregen, wenn das Kind in der Krippe mit Weihnachtsgeschenken zugedeckt wurde. Dagegen wagte niemand zu rebellieren. Solange Oma lebte, wurde dieser Weihnachtsbrauch konsequent eingehalten.

Felix erinnerte sich. Wahrscheinlich war dieser Tag der schönste im ganzen Jahr gewesen.

Wenn Oma die Weihnachtsgeschichte gelesen hatte, langsam und sehr betont, dann sangen alle das Weihnachtslied »Stille Nacht, heilige Nacht«.

Dann erhob sich Oma, schlug die alte Lutherbibel zu und sagte: »Wir feiern Weihnachten, weil diese Geschichte wahr ist. Und jetzt schauen wir uns die Geschenke an.«

Felix wunderte sich, dass er den genauen Ablauf des Heiligen Abends so gut in Erinnerung hatte. Er fragte sich, ob diese Eindrücke aus der Kinderzeit seine Aktion mitbestimmt hatten. Für ihn war es ein Wunder, dass er den alten Lebenskurs von einem Tag zum anderen neu bestimmen konnte.

Zweifellos hatte Oma sein Leben mitbestimmt. Schon als Kind hatte er diese resolute Frau bewundert. Sie redete nicht viel, sie handelte. Für den Weihnachtsbasar in der Gemeinde strickte sie wochenlang schwarze, graue und braune Wollsocken. Diese Strümpfe wurden jedes Mal gleich in den ersten Stunden verkauft, wenn der Basar eröffnet wurde.

»Wer anderen eine Freude macht, wird selbst beschenkt.«

Das war Omas Lebensmotto.

Auch Max war wie verwandelt. Aus dem schwergewichtigen Rentner war wieder der geschickte Tischler geworden. Die Puppenstube hatte Max auf zwei Gemeindetische gestellt. Alle Schubladen funktionierten wieder. Leuchtende gelbe Messinggriffe hatte er angeschraubt. Sein früherer Kumpel, ein längst pensionierter Malergeselle, hatte das ehemals elegante Stück auf Hochglanz poliert. Wer den Raum betrat, dessen Blick wurde automatisch von der Puppenstube angezogen. Felix hatte aus dem Abfall gut erhaltene Spiele aussortiert und dekorativ auf einen langen Tisch platziert.

Eingerissene Deckel-Ecken wurden geschickt verklebt und verdreckte Stellen mit Blumenbildern übertapeziert.

Nach dem zweiten Advent kam auch der Fahrradhändler – von Felix noch einmal an sein Versprechen erinnert. Er war überrascht, was Felix inzwischen angeschleppt und im Abstellraum der Gemeinde untergebracht hatte. Vor allem die renovierte Puppenstube zog ihn in Bann. Auch der Billardtisch war kunstvoll erneuert worden. Zwei neue Standbeine waren angefertigt und die Farben hervorragend angepasst. Auch der Spieltisch war generalüberholt. Er sah wie neu aus. Zu den übrigen Rädern hatte Felix noch zwei aus dem Gerümpel gezogen. Der Fachmann nahm sie genau in Augenschein. Er schüttelte seinen Kopf.

»Wie kann man nur so teure Räder einfach auf den Müll geben?«

Felix, Max und der Maler standen neugierig hinter dem Geschäftsmann.

»Dieses Stück hier beispielsweise, ein gut erhaltenes Markenfahrrad, bekommen Sie nicht unter 500 Euro. Selbst wenn wir die gesamte

Gangschaltung erneuern, ist das Rad immer noch mindestens 300 Euro wert.«

Bei einem Roller war die Bremse kaputt, und an einem Fahrrad musste ein Vorderrad komplett ausgewechselt werden. Eine Weile schaute sich der Mann alles an. Offensichtlich lief im Kopf eine Rechenmaschine. Dann sagte er: »Gut, die Reparaturen gehen auf meine Rechnung.«

Dann wandte er sich an Felix: »Bringen Sie mir alles in die Werkstatt. Nach dem 3. Advent können Sie Räder und Roller wieder abholen.«

Felix hätte vor Freude einen Luftsprung machen können. Die Sache mit den Rädern hatte ihm bisher die größten Kopfschmerzen bereitet. Keiner der Männer hätte Geld flüssigmachen können, um die Reparaturen zu bezahlen.

Auch Max und der Maler rieben sich die Hände. Beide waren inzwischen hoch motiviert, die Weihnachtsaktion zu einem guten Ende zu bringen.

Mit dem Kinderheim hatte Felix bisher nur ein Telefonat geführt. Damals war völlig unsicher, ob er sein Vorhaben überhaupt würde realisieren könnten.

Nach dem 3. Advent holte Felix die Räder und zwei Roller im Fahrradgeschäft ab. Der Chef hatte persönlich alle Teile überprüft. Jedes Gerät funktionierte tadellos.

»Ich weiß nicht, wie ich Ihnen danken soll. Heiligabend ist die Bescherung im Kinderheim. Heute bin ich sicher, dass wir den elternlosen Kindern eine große Weihnachtsüberraschung bieten können. Sie werden ganz sicher vom Kinderheim Näheres hören. Wie alles vor sich geht, muss noch besprochen werden.«

Als Felix mit den Rädern im Gemeindehaus ankam, warteten schon Max und der Maler auf ihn. Alle drei schauten ungläubig in den Container. Sechs fahrtüchtige und generalüberholte Fahrräder und Roller standen durch dicke Pappflächen getrennt nebeneinander.

»Es ist wie ein Wunder«, sagte Max.

»Nein, es ist ein Wunder!«, widersprach Felix.

Die drei holten die Fahrzeuge aus dem Container und polierten ein paar Stunden an den Rädern herum. Sie waren von neuen kaum mehr zu unterscheiden.

Und dann kam der Heilige Abend.
Mit Erlaubnis der Stadtreinigung durfte Felix ein Auto der Müllabfuhr benutzen, um alle Geschenke für die Kinder ins Wohnheim zu transportieren. Kein Kind achtete auf das Fahrzeug, das rückwärts an die Garagen des Kinderheims fuhr und die Geschenke für die Bescherung am Nachmittag ablieferte.
Im Speisesaal wurden die Tische festlich gedeckt. Für vierzehn Kinder und das Personal stand ein Weihnachtsteller mit Süßigkeiten, Äpfeln und Nüssen bereit. Kuchenteller mit unterschiedlichen Torten und Früchtekuchen standen auf den Tischen. Die Servietten waren kunstvoll gefaltet. Vorn am Tisch saß der Superintendent des Kirchenkreises, der als Vorsitzender des Heims fungierte. Neben ihm saß der Heimleiter und dann folgten Felix, Max und der Maler. Der Geschäftsmann, der einen erheblichen Anteil an der Reparatur der Räder

geleistet hatte, konnte leider nicht teilnehmen. Vielleicht wollte er auch nicht vor den Kindern als Weihnachtsmann erscheinen.

Auf der Bühne hinter den Tischen und Stühlen war fast in Originalgröße ein Stall aufgebaut. In der Mitte das angestrahlte Kind in der Krippe. Rechts und links Maria und Josef und die obligatorischen Tiere, die auf Weihnachtsbildern selten fehlen. Über dem Stall, der liebevoll mit Stroh gedeckt war, ein erleuchteter Stern. Die Kinder schauten mit großen Augen auf die hell erleuchtete Bühne mit dem Kind in der Krippe.

Auf dem Klavier wurde das Lied angestimmt »O du fröhliche, o du selige, gnadenbringende Weihnachtszeit«.

Die Kinder hatten in der Adventszeit fleißig Weihnachtslieder gelernt. Die meisten hatten in den anderthalb Jahren, die sie im Heim untergebracht waren, Deutsch gelernt. Sie wurden auch angehalten, sich nur in Deutsch zu unterhalten. Zwei Kinder trugen Prothesen, sie hatten ein Bein durch Minen verloren.

Dann las der Superintendent die Weihnachtsgeschichte vor. Er las sehr langsam und deutlich, damit besonders die Kinder folgen konnten. Nachdem er gelesen hatte, wandte er sich an die Kinder und Gäste:

»Liebe Kinder, liebe Mitarbeiter und liebe Gäste! Heute feiern wir Geburtstag. Gott wurde Mensch. In der Krippe liegt Jesus, sein geliebter Sohn. Er ist der Retter der Menschen. Niemand geht verloren, der sich an diesen Retter hält. So wie ihr Kinder gerettet wurdet aus der Gewalt von Feinden, die eure Eltern und viele andere getötet haben, so werden wir für immer vor Feinden, vor Tod und Teufel gerettet, wenn wir uns auf Jesus Christus verlassen.«

Als er sich gesetzt hatte, sprach der Heimleiter ein Tischgebet und lud alle zum weihnachtlichen Geburtstagsessen ein.

Das Essen verlief still und ohne lautes Reden, wie es für Kinder typisch gewesen wäre. Die meisten aßen still, schauten ängstlich, aber waren doch offensichtlich glücklich. Inzwischen war es Spätnachmittag geworden. Die Kuchenteller mit einigen Resten und das

Geschirr wurden abgeräumt. Die Kinder warteten gespannt auf die Bescherung, die sich inzwischen herumgesprochen hatte.

Dann erhob sich der Heimleiter, klopfte an ein Glas, die Gespräche verstummten.

»Wenn Geburtstag gefeiert wird«, sagte er, »gibt es auch Geschenke. Und wenn das größte Geburtstagsfest aller Feste gefeiert wird, dann gibt es auch große Geschenke. Es gibt einige Männer, die Jesus – das Christkind – gewonnen hat. Ich weiß nicht, wie das geschehen ist. Sie haben viel Zeit und Kraft eingesetzt, um euch Kindern ein unvergessliches Weihnachtsfest zu gestalten. Die drei Männer sind wie die drei Könige aus dem Morgenland, die schöne Geschenke mitgebracht haben, um euch eine Freude zu machen. Sie heißen Felix, Max und Edwin.«

Der Heimleiter hatte sogar den Namen des Dritten herausgefunden.

Felix und seine Freunde schauten sich verlegen an, lächelten verschämt und waren doch im tiefsten Innern dankbar, ihre Zeit für die Kinder geopfert zu haben.

Ein Mitarbeiter des Hauses zog große, weiße Laken beiseite, die die Räder, die Puppenstube, Bücher, Spiele und den Billardtisch verdeckt hatten. Die meisten Kinder waren von ihren Stühlen aufgesprungen und starrten auf die blitzblanken Räder und die übrigen Geschenke.

Vorsichtig näherten sich drei Mädchen der Puppenstube. Sie gingen immer wieder um das Prachtstück herum. Die älteren Jungs standen vor dem Billardtisch und ließen sich dann von den Mitarbeitern die Regeln erklären. Andere suchten sich Spiele und Bücher aus.

Zwei Sechsjährige fuhren auf den Leichtmetallrollern durch den Raum. Die ältesten Kinder nahmen die Räder in die Hand und schoben sie durch den Raum. Keiner konnte Rad fahren. In der Heimat hatten sie es bisher nicht gelernt. Sie brannten geradezu darauf, diese Fahrzeuge zu beherrschen.

Die Feier wurde bis in den späten Abend ausgedehnt. Die Kinder waren so aufgeregt, dass keins hätte schlafen können.

Als die drei Männer in der Dunkelheit nach

Hause fuhren, waren sie übereinstimmend der Meinung, dass sie seit Jahren kein so befriedigendes Weihnachtsfest mehr gefeiert hatten. Felix standen Tränen in den Augen.

»Und nächstes Jahr?«, fragte er mit zittriger Stimme. Wie aus einem Munde sagten die beiden anderen: »Wir sind wieder dabei.«

Als Felix die Wohnungstür hinter sich schloss, war er wieder der Alte, der Glückliche. Der Heimleiter hatte es auf den Punkt gebracht: Das Christkind – Jesus – hatte ihn für sich gewonnen!

Weihnachten ist,

*wenn ein Kind
zum Mittelpunkt der Weltgeschichte wird;
wenn ein Barmherziger
sich der Sünder weltweit erbarmt;
wenn ein Machtloser
den Mächtigen in Liebe begegnet;
wenn ein Licht
die Finsternis erleuchtet;
wenn ein Friedefürst
dem Unfrieden Paroli bietet;
wenn ein Engel
den Retter der Welt verkündet;
wenn ein Mensch
wie du und ich den Erlöser anbetet.*

Wenn es nur nicht
kurz vor Heiligabend wäre

Eine Uhr schlägt.

Ja, jetzt bin ich genau 56 Stunden frei, ein freier Mensch, der gehen kann, wohin er will, der auch sterben kann, wann und wo er will. Es kümmert sich keiner darum. Keiner?

Mit 52 Euro und vielen ernst gemeinten Ratschlägen stehe ich auf der Straße – ohne dicke Mauern, ohne Augen, die argwöhnisch jede Bewegung registrieren. Ich rase auf einmal los, wie wild. Es dreht sich keiner nach mir um. Keiner ruft meinen Namen.

Keiner?

Im Zuchthaus war das anders. Ein Haufen Menschen kreiste wie ein Bienenschwarm um mich herum. Sie vergeudeten ihre Stimme, schnauzten – aber sie nahmen mich ernst, sehr ernst sogar. Sie befassten sich mit mir. Vorbei.

Anderthalb Millionen Menschen – vielleicht sind es noch mehr – eilen an mir vorbei. Sie wollen mich auch nicht haben, nirgendwo, auf dem Arbeitsamt nicht, weil ich ein Gitter hinter mir habe. Ich trage das Kainszeichen in meinen Papieren, unstet soll ich sein auf Erden. »Keiner soll dich anrühren!«

Wenn es nur nicht so kurz vor Heiligabend wäre.

Ich schiebe mich wie ein matter Schatten durch das Menschengewühl. Kein Auge sieht meinen Schatten.

Das weihnachtliche Lichtermeer schreit und lügt. Es schreit: »Für dich!« und meint nur sich. Das rote Licht und das gelbe Licht, es will den Menschen, es lockt die Leute, es will das Geld – kaltes, hartes Geld, »denn dein Licht kommt.«

Von hierher kommt es sicher nicht. Doch die Gedanken lassen meine Füße an den viereckigen Pflastersteinen kleben, ich stutze und schaue in eine einzige schimmernde Lichtwolke. »Dein Licht?« – Verschwunden, ausgelöscht, aufgefressen von künstlichen Kerzen.

Ich habe noch 10 Euro, das heißt, genau genommen noch 9,75 Euro. Der Hunger packt mich wie ein tollwütiger Hund.

Da fällt mir der Zettel ein.

Der Wachtmeister im Zuchthaus hat ihn

mir gegeben. Der mit den abstehenden Ohren und der krankhaften Ordnungsliebe. Der mit den zwanzig Nägeln rechts und links unter der Sohle. Alle Namen und Anschriften stehen fein säuberlich untereinander. Die Leute grase ich der Reihe nach ab. Meine Lebensgeschichte kann ich schon perfekt auswendig.

Das erste christliche Haus erweckt eine nicht geringe Hoffnung. Es liegt bescheiden und unaufdringlich an der Straße zum Bahnhof. Gleich hinter der Tür fällt mein Blick auf ein Kruzifix und auf eine Dame mit einer großen Haube auf dem Kopf. Das Gesicht bleibt so steif wie die Haube, als sie mir erklärt, sie sei nicht zuständig. Sie schickt mich eine Treppe höher.

Da hängt das zweite Kruzifix. Eine »Haube« fängt mich an der Tür ab. Ihre Lippen bewegen sich monoton, die Stimme drückt Mitleid aus mit solchen Subjekten wie mir. Ihre Augen ruhen allwissend in den meinen. Sie kennt meine Geschichte bereits, aber sie prallt an ihrer frommen Vorstellung ab wie an der Chinesischen Mauer in deren besten Tagen. Ich glaube nicht, dass sie es will, aber sie erhebt sich über mich wie der Mount Everest.

»Als Diener Christi fragen wir nicht nach Wahrheit oder Lüge deiner Geschichte; wir sind nicht gerufen zu fragen, sondern zu helfen in seinem Namen.«

Das soll mich beschämen, und das wird es gewiss auch tun. Außerdem sagt sie »du« zu mir; sie hat es bei mir nicht nötig, »Sie« zu sagen.

Eine Minute später liegt auf meinem Handteller der Beweis christlicher Nächstenliebe — ein Zettel mit einem fetten, schwarzen Stempel. Ein Sozialessen im Restaurant »Zur Ente«.

Ich gehe an den beiden Kruzifixen vorbei. Die Augen laufen mir nach. Es sind traurige Augen. Ich grüße stumm und bin fast ein wenig froh; zum ersten Mal habe ich wieder in seine Augen blicken können.

Wenn es nur nicht kurz vor Heiligabend wäre.

Die Steinplatten der Bürgersteige wandern wieder unter meinen Füßen. Ich beginne zu träumen. An der Ecke hält mich ein Kerl fest und ruft mich in die brutale Wirklichkeit zurück. Grell bemalte Pappschilder hängen vor seinem Bauch und auf dem Rücken. Der Kerl hat meinen Zustand erraten, er dreht mir herausfordernd das Schild unter die Nase.

»Keiner soll Heiligabend ohne Liebe sein«, steht darauf. Darunter die Straße, eine ganze Straße mit freien Betten und mit viel Liebe. Es bricht aus mir heraus: »Lass mich in Ruhe, heute ist Heiligabend, und ich habe kein Zuhause, kein Licht, kein Bett, nichts zu essen und ...« – »... und keine Liebe«, setzt der schmierige Kerl hinzu. Und wie er das sagt, mit herunterhängenden Lippen, überdrüssig einer Liebe, die sich verkauft, die nur haben will und nichts schenken kann. Sie wollen alle nur Geld – aber nicht mich.

Ich schreie ihn an: »Keiner will mich haben über Weihnacht, und da bekommen mich die Weiber auch nicht.«

Er hustet, dass seine Pappdeckel flattern. »Dann geh du mal zu denen, die heute in Zwölferreihen in die Kirche marschieren. Die von Liebe und Wohltat singen und jubilieren, dass die Kronleuchter zittern.« Er ist fertig mit seinem Husten: »Geh nur, wie du bist! Sie werden dich mit ihren Blicken verstümmeln, weil du es gewagt hast, ohne hochzeitliches Gewand zu erscheinen!«

Wie er das »hochzeitliche Gewand« psalmodieren kann! »Geh nur zu den Schwarzen! Die haben zehn Semester studiert, was Liebe ist und können darüber reden, stundenlang, ohne Punkt und Komma!«

»Ich war schon da«, sage ich.

In seine Augen schießt Ironie: »Na und ...?« Unter seinem Hohnlachen und Husten gehe ich weiter. Ich kann es nicht mehr ertragen, seine Plakate widern mich an.

Wenn es nur nicht kurz vor Heiligabend wäre!

Es ist nicht aufzuhalten. Hier und da fangen sie schon an zu feiern. Ich sehe es an den schwach erleuchteten Fenstern, an den Kerzen und höre es an den Liedern.

Ich sitze im Wartesaal. Mit einem Krug Bier habe ich mir einen Platz in der hintersten Saalecke verdient. Es hängen noch mehr Gestalten hinter den Tischen. In ihren Gesichtern ist Herbst. Welke, abgestorbene Züge, die alle Kraft verloren haben.

Aus der Wand kommt Musik, Glocken klingen in allen Tonarten, Kinderchöre singen sich in helle Begeisterung.

Meine Gedanken sind ausgerissen, zurückgewandert in eine andere, eine schöne Zeit. Ich halte meine Augen geschlossen. Die Lieder laufen mir nach – bis ins Weihnachtszimmer der Kinderzeit. Ich sitze im weißen Hemd am Tisch. Die Lieder? Ach, die Lieder, mich interessieren Geschenke ...

Und heute. Es ist alles so anders. Ich höre die Lieder mit vollem Bewusstsein. »... Christ ist erschienen, uns zu versühnen!«

Von der Saaldecke hängt ein großer, bunter Adventsstern herab. Seine langen Spitzen zeigen wie beleuchtete Hände in alle Ecken des geräumigen Wartesaals. Mir ist, als sprächen sie. Kann das sein? Es ist kein Zweifel, eine Spitze ist wie eine einladende Hand genau auf mich gerichtet. Nein, ich täusche mich nicht, die Hand meint mich, den Aussätzigen, den Zuchthäusler, den Taugenichts in einer sauberen Gesellschaft. Ich kann mich hin- und herbewegen, der spitze Finger lässt mich nicht los. Ich schließe die Augen, aber das Licht strahlt hindurch. Der Stern gefällt mir. Er strahlt ein warmes Licht aus. Und die eine Spitze ist auf mich gerichtet – auf mich.

Ich habe meine Hände gefaltet, meine dreckigen Hände. Als Kind habe ich das getan. Mutter wollte es gern. Und ich tat ihr den Gefallen. Damals waren meine Hände sauber. Und heute? Viel Dreck klebt daran. Nicht äußerlich. Aber wenn ich sie anschaue, steht eine dunkle Vergangenheit auf. Die wäscht kein Bimsstein ab.

Durch die Scheiben sehe ich in die Bahnhofshalle. Waschmittelwerbung leuchtet grell. Sogar heute sind die Worte erleuchtet. Geschäft ist eben Geschäft – mit und ohne Christkind. »... wäscht alles«, lese ich.

Und ich breite meine Hände auf dem Tisch aus. »Alles!« Das klingt schön und ist doch Utopie. Für wenige Cent eine weiße Wäsche? So billig kommen wir nicht davon. Waschmittel waschen nicht alles, sie gehen nur bis an die Haut.

Kinderchöre klingen durch den weiten, öden Saal: »Christ, der Retter, ist da!« Die anderen halten mich bestimmt für verrückt.

Einer von meiner Sorte wirft den Kopf- hoch und schaut mich von unten her mit großen Augen an. Er trinkt sein abgestandenes Bier aus und lässt den Kopf wieder fallen.

Ich schaue auf den Stern und auf meine Hände, meine gefalteten, dreckigen Hände. Sie sehen plötzlich ganz anders aus.

Weihnachten ist die Verheißung,

dass hinter den Wolken der Trübsal der Stern von Bethlehem glänzt;

*ist die Heilige Nacht,
die jede Dunkelheit überwindet;*

*ist der Sieg
des Himmels über die finsteren Mächte der Welt;*

*ist der Glaube,
dass der Heiland der Welt geboren wurde;*

*ist die Erwartung,
dass das Kind in der Krippe den Frieden Gottes verkörpert;*

*ist die Gewissheit,
ER will mich besuchen,
ER will mich beschenken,
ER will mich erretten.*

Weihnachtsgedanken

Nachdem die Engel in den Himmel zurückgekehrt waren, beschlossen die Hirten: »Kommt, wir gehen nach Bethlehem. Wir wollen sehen, was dort geschehen ist und was der Herr uns verkünden ließ.«

Lukas 2,15

Der Schriftsteller Arnim Juhre hat die Weihnachtsgeschichte mit seinen Worten wiedergegeben und in die Zeit von heute übersetzt. Bei ihm heißt es: »Es begab sich aber zu der Zeit, da die Bibel ein Bestseller war, übersetzt in mehr als 200 Sprachen, dass alle Welt sich fürchtete: vor selbst gemachten Katastrophen, Inflationen, Kriegen, Ideologien, vor Regenwolken, radioaktiv, und Raumschiff-Flottillen, die spurlos verglühn. Als die Menschenmenge auf dem Wege war, ungeheuer sich vermehrend, hinter sich die Vernichtungslager der Vergangenheit, vor sich die Feueröfen des Fortschritts, als alle Welt täglich geschätzt und gewogen wurde, ob das atomare Gleichgewicht stimmt, hörte man sagen: Lasst uns nach Bethlehem gehn!«

Mir fällt auf: Die Hirten zerreden die Botschaft nicht. Sie streiten sich nicht, ob das Ganze ein ausgemachter Schwindel sei. Sie nehmen die Sache in Augenschein und überzeugen sich. Die Hirten gehen. Sie prüfen, was Gott ihnen sagen will.

Und wir? Hinter uns liegen die Vernichtungslager und vor uns ein geplünderter Planet, auf dem die Hungerbombe tickt. Wollen wir uns aufmachen oder über Weltprobleme diskutieren? »Christ, der Retter, ist da.« Er ist auf die Erde gekommen, um mit der zerfallenen Welt Frieden zu schließen. Wer nach Bethlehem geht, schließt sich Gottes Welt umspannendem Rettungswerk an. Gerettetsein gibt Rettersinn. Weihnachten ist die Zeit, in der der Ruf durch die Welt geht: »Kommt, wir gehen nach Bethlehem. Wir wollen sehen, was dort geschehen ist und was der Herr uns verkünden ließ.«

Ich steh an deiner Krippen hier,
o Jesu, du mein Leben;
ich komme, bring und schenke dir,
was du mir hast gegeben.
Nimm hin, es ist mein Geist und Sinn,
Herz, Seel und Mut, nimm alles hin
und lass dirs wohlgefallen.

Paul Gerhardt

Der unheilige Abend

Der Seniorenkreis der Gemeinde mit ihrem Leiter hat sich in der Adventszeit für eine Woche an die Ostsee zurückgezogen. Das Hotel liegt direkt am Wasser, ein ruhiges und behagliches Haus. Die Temperatur liegt weit über dem Gefrierpunkt. Die Sonne steht schon tief am Horizont. Und von den Tischen gleitet der Blick über das leicht sich kräuselnde Wasser. Die Senioren feiern den 2. Advent. Sie haben genüsslich Kaffee getrunken und der Leiter hat der Gruppe für den Spätnachmittag bis zum Abendessen den Vorschlag unterbreitet, sich über das vorgegebene Thema »Mein Weihnachtserlebnis« auszutauschen. Den Teilnehmern war mit der Einladung dieser Vorschlag unterbreitet worden.

Ein alter Lehrer der Gruppe, ein kleiner untersetzter Mann, meldet sein Erlebnis an. Die Teilnehmer und mich hat die Geschichte sehr berührt, und ich gebe sie nachempfunden wieder:

Der Lehrer erzählt: Ich komme aus einem kleinen Dorf am Rande der Großstadt. Es ist Heiligabend, und um 17 Uhr beginnt der Gottesdienst. Ich bin vierzehn Jahre alt und muss den Gottesdienst besuchen. Jungen und Mädchen der Konfirmandengruppe haben ein Weihnachtslied einstudiert. Der Pfarrer wollte es so. Die Kirche ist brechend voll. Die vielen Weihnachtskerzen leuchten an den zwei großen Weihnachtsbäumen rechts und links vor dem Altar. Vom ganzen Ablauf bekomme ich wenig mit, denn ich freue mich schon auf die Bescherung zu Hause.

Der Pastor hält die Predigt. Text und Thema habe ich vergessen. Nur an eins kann ich mich erinnern. Bei den Abkündigungen bittet er eindringlich um eine Spende für ein Kinderheim irgendwo in Afrika. Fragen Sie mich ja nicht, in welchem Land. Der Pfarrer war einige Jahre dort als Missionar tätig. Das Land muss einen blutigen Krieg erlebt haben. Viele verwaiste Kinder haben ihre Eltern verloren. Und für diese einsamen und verlassenen Kinder hat der Pfarrer ein Heim errichten lassen und unsere Gemeinde hat unter anderen dafür die Patenschaft übernommen. Nach der Ankündigung zücken viele Besucher ihre Geldbörsen. Ich kann mich noch genau erinnern. Ich sitze wie auf heißen Kohlen. Ich will nach Hause.

Der Gottesdienst ist zu Ende. Die Orgelmusik hallt in der Kirche wider und alle streben den Ausgängen zu. Ich benutze den mittleren Ausgang. Hinter den Kirchentüren steht links und rechts eine große offene Schale, in die die Besucher ihre Kollekte werfen. Die Schale ist offen, sodass jeder sehen kann, was eingeworfen wird.

Auf beiden Seiten stehen Mitarbeiter der Gemeinde, die das Opfergeschehen kontrollieren, aber den Gebern nicht auf die Finger schauen sollen.

Die Schale quillt vor Scheinen über. Und dann sehe ich vor mir eine Dame mit einem Wollmantel und großen weiten pelzbesetzten Ärmeln. Sie hat auch einen Schein eingeworfen, zieht ihr Handschuhe wieder an und fährt mit dem weit ausladenden Ärmel über die Schale. Ein zusammengefalteter Schein fliegt über den Rand auf die Erde. Es ist dämmrig im Zwischenraum zum Ausgang. Einige Bekannte begrüßen sich, auch die kirchlichen Mitarbeiter werden angesprochen und sind abgelenkt. Völlig ungesehen hebe ich den Schein vom Boden auf und stecke ihn ein. Pflichtbewusst lege ich meinen Obolus, ein Markstück, das mir die Eltern mitgegeben hatten, auf die Schale.

Ich schäme mich, wenn ich heute an dieses Erlebnis zurückdenke. Unterwegs stelle ich fest, dass es sich um einen 50-DM-Schein handelt. Ich habe ein schlechtes Gewissen und doch genieße ich den Triumph. Innerlich bin ich hin- und hergerissen. Ich weiß, dass ich das Christkind verraten habe, aber die 50 DM fühlen sich gut an.

Auf dem Nachhauseweg habe ich gründlich überlegt, wo ich den Schein gefunden haben könnte.

Aufgeregt und aufgedreht komme ich zu Hause an. Die Eltern wollen wissen, was es im Gottesdienst gegeben hat, aber ich rede nur von meinem Glücksfund.

Noch heute wundere ich mich, dass meine Eltern mich nicht gezwungen haben, das Geld wieder abzuliefern. Sie haben mir auch nicht misstraut. Nur mein Großvater meinte: »Eigentlich, Junge, müsstest du das Geld beim Fundbüro abliefern. Schließlich wird es einer sehr vermissen!« Mein Vater nickt zaghaft. Aber keiner geht ernsthaft auf die Stimme ein. Aus dem Eigentlich wird ein Uneigentlich. Und aus dem Heiligen Abend wird für mich ein unheiliger Abend.

Die Bescherung habe ich über mich ergehen lassen. Aber der innere Friede hat sich aus dem Staube gemacht: Auch die Freude, wie in den Jahren zuvor, kann ich nicht empfinden.

In der Nacht liege ich lange wach. Das Gewissen kratzt an meiner Befindlichkeit. Die schlimme Tat will ich auf keinen Fall eingestehen. Das wären für mich ganz bittere Tage. Ich bilde mir ein, das kann mein Selbstwert nicht verkraften. Schließlich rede ich mir gut zu: Wir leben nun mal in einer unmoralischen Welt. Wohin das Auge blickt, Unrecht, Mord, Diebstahl und Betrug. Einer hat sogar ein schlaues Buch geschrieben mit dem Titel: Der Ehrliche ist der Dumme. Der Mann hat's auf den Punkt gebracht.

Meine Güte, meine Tat ist dagegen doch eine Bagatelle! Damit muss ich leben. Vielleicht müssen wir alle damit leben. Oder mache ich mir etwas vor? Ich wälze mich im Bett. Die Nacht wird lang. Die Laken sind zerknautscht.

Unglaublich, wie die Tat mich umtreibt. Mal hat sich die Seele beruhigt, dann wieder hagelt es innere Vorwürfe. Unglaublich, wie sich der innere Gerichtshof zu Wort meldet. Ich ertappe mich dabei, dass ich im Schlaf oder im Traum, was weiß ich, laut gerufen oder geschrien habe: »Christus, hilf mir, ich bin völlig durcheinander!«

Morgen früh um acht Uhr müssen wir alle am Tisch sitzen. Der erste Weihnachtstag hat eine lange Tradition in unserer Familie. Mir graut vor dem Morgen. Aber der Wecker schellt und treibt mich schlecht ausgeschlafen aus den Federn.

Als Letzter schleiche ich mich an den Frühstückstisch. Feierliche Stille im Wohnzimmer. Der Weihnachtsbaum strahlt in hellem Licht. Auf dem Tisch brennen Kerzen. Vater, Mutter und Opa sitzen gut gelaunt auf ihren Stühlen und schauen mich durchdringend an. Vater hat die aufgeschlagene Bibel vor sich. Am ersten Weihnachtstag singen wir »O du fröhliche«, und Vater liest die Weihnachtsgeschichte. Mutter stimmt das Lied an. Bei der zweiten Strophe schießen mir die Tränen in die Augen: »O du fröhliche, o du selige, gnadenbringende Weihnachtszeit! Christ ist erschienen, uns zu versühnen: Freue, freue dich, o Christenheit!«

Ich schlage die Hände vors Gesicht.

Vater bricht das Lied ab und spricht mich an, ruhig und vertrauensvoll.

»Ja, Hartmut, du hast eine sehr unruhige Nacht gehabt. Mutter und ich haben es teilweise miterlebt. Wir standen an der offenen Tür. Du hast im Traum oder halbwach mal geschrien, mal laut gesprochen: ‚Christus, vergib mir. Ich habe das Geld gestohlen.' Glaub mir, Mutter und ich waren nur einen Augenblick entsetzt. Und jetzt sind wir erleichtert und feiern Weihnachten. Und ich bin sicher, du bist es auch!«

Dann kommt der Vater um den Tisch herum und nimmt mich in den Arm.

Damals habe ich im Tiefsten begriffen, was Weihnachten wirklich bedeutet. Das ist mein unvergessliches Weihnachtserlebnis!

Weihnachten

*Öffne unsere Augen,
dass wir zu Weihnachten nicht das Kind in der Krippe mit teuren Geschenken zudecken.*

*Öffne unsere Ohren,
dass wir zu Weihnachten nicht über gefühlvolle Lieder und schöne Melodien die Botschaft des Kindes überhören.*

*Öffne unsere Lippen,
dass wir nicht sentimental von der schönsten Zeit des Jahres schwärmen, sondern deine Botschaft bezeugen.*

*Öffne unsere Hände,
dass wir uns nicht mit kostbaren Gaben überhäufen, sondern dein Geschenk für unser Leben dankbar empfangen.*

*Öffne unsere Herzen,
dass sie höherschlagen, wenn sie mit deiner Weihnachtsbotschaft gefüllt werden.*

Weihnachtsgedanken

Seht, das ist Gottes Opferlamm, das die Sünde aller Menschen wegnimmt.

Johannes 1,29

Krippe und Kreuz gehören zusammen.

Das hat Christoph Wetzel, ein Maler der Gegenwart, auf einem Ölgemälde verdeutlicht. Auf einem liegenden Kreuz sitzt, hell angestrahlt, ein kleines Kind. Frauen, Kinder und Männer stehen um Kreuz und Kind herum. Keine beglückten und entzückten Gesichter. Sie schauen betroffen.

Es sind Leidende und Bedrückte. Im Hintergrund ist ein Theologe erkennbar. Er schlägt bestürzt seine Hand vor die Stirn. Kommt seine und unsere Weihnachtstheologie ins Rutschen? Kein Knäblein im lockigen Haar. Kein süßes, putziges und herzallerliebstes Jesulein. Das ist die Realität. Unten auf dem Kreuzesstamm sind die Buchstaben zu lesen: INRI = Jesus von Nazareth, König der Juden. Krippe und Karfreitag gehören zusammen. Seine Geburt und sein Tod für uns sind Eckpfeiler unseres Glaubens.

Weihnachten, das Geburtstagsfest unseres Herrn, ist vorbei. Pfarrer Konrad Eißler formuliert es so: »Weihnachten als Lichtfest mit Dideldumdei ist tot. Aber Weihnachten als Christfest mit Krippe und Kreuz gibt 365 Tagen ein anderes Gesicht.«

> *Du kommst uns nahe*
> *in Deinem Sohn zu Weihnachten;*
> *Du kommst uns nahe*
> *in unserem Versagen;*
> *Du kommst uns nahe*
> *in unseren Sünden;*
> *Du kommst uns nahe*
> *in Krippe und Kreuz.*
> *Du bist uns nahe*
> *als Retter und Erlöser. Amen.*

Ein weiteres Weihnachtsbuch von Reinhold Ruthe

Bestell-Nr. 5.122.603
ISBN 978-3-8429-2603-5
96 Seiten, kartoniert
11 x 18 cm
€ 5,95

In berührenden Geschichten und Betrachtungen bezeugt Reinhold Ruthe, der beliebte Autor und bewährte Seelsorger die verwandelnde Liebe Gottes, die im Weihnachtsgeschehen sichtbar wird.